COTIDIANO
entre linhas e letras

A CHAVE DE CASA

Ivan Jaf

7ª edição

Ilustrações: Roberto Negreiros

Conforme a nova ortografia

Atual Editora

SARAIVA Educação S.A.
Avenida das Nações Unidas, 7.221 – Pinheiros
CEP 05425-902 – São Paulo – SP
www.editorasaraiva.com.br
Tel.: (0xx11) 4003-3061
atendimento@aticascipione.com.br

Dados Internacionais de Catalogação na Publicação (CIP)
(Câmara Brasileira do Livro, SP, Brasil)

Jaf, Ivan, 1957-
A chave de casa / Ivan Jaf ; ilustrações Roberto Negreiros. — 7ª ed. — São Paulo : Atual, 2009. — (Entre Linhas e Letras)

Inclui roteiro de leitura.
ISBN 978-85-357-1147-9

1. Literatura infantojuvenil I. Negreiros, Roberto. II. Título. III. Série.

CDD-028.5

Índices para catálogo sistemático:

1. Literatura infantojuvenil 028.5
2. Literatura juvenil 028.5

10ª tiragem, 2024

Coleção **Entre Linhas e Letras**

Desenvolvimento de produto
Gerente editorial: Wilson Roberto Gambeta
Editor: Henrique Félix
Assessora editorial: Jacqueline F. de Barros
Coordenadora de preparação de texto: Maria Cecília F. Vannucchi
Preparação de texto: Célia Tavares
Revisão de texto: Pedro Cunha Jr. (coord.)/Ana Maria Alvares
Lúcia Leal Ferreira

Produção editorial
Gerente de arte: Edilson Félix Monteiro
Editor de arte: Celson Scotton
Chefe de arte: José Maria de Oliveira
Diagramação: Rosi Meire Martins Mariano
Editoração eletrônica: Silvia Regina E. Almeida (coord.)
Impressão e acabamento:
Vox Gráfica / OP: 248848

Colaboradores
Projeto gráfico: Glair Alonso Arruda
Roteiro de leitura: Arlete Aparecida Betini

CL: 810345
CAE: 575986

SUMÁRIO

EU SOU GENTE

UMA semana antes de eu fazer 10 anos, meu pai chegou em casa, feliz com alguma coisa que tinha acontecido com ele durante o dia, e me perguntou o que eu queria de presente.

— A chave de casa — falei.

Ele riu e me botou no colo. Me tratava como um bebê. Às vezes eu gostava. Naquele dia não gostei.

— Falando sério.

— E pra que é que a minha menininha quer a chave de casa?

— Pra não ficar trancada.

— Mara! — ele gritou pra minha mãe lá na cozinha. — Vem cá ouvir o que a nossa garotinha está falando.

Quase nunca me chamava de Fernanda, só de "menininha", "garotinha", "bonitinha". Naquele dia fingi que não gostei. Queria ser levada a sério.

— Que é, Ênio?

— Reclamou que estão deixando ela trancada. A Nilda não fica em casa o dia todo?

Nilda é a moça que trabalha aqui. Limpa a casa, faz comida e cuida do Bruno e do Cabelo. Bruno é o meu irmão, três anos mais novo que eu. Cabelo é o gato.

Colocamos esse nome nele porque é preto, mole e vive grudado na gente.

— Às vezes ela precisa dar uma saída rápida — minha mãe disse.

— É, pode ser. E você também não pára em casa...

— Não vamos começar com essa história.

Mas iam começar a falar de outra coisa sim, se eu não interrompo.

— Pai, eu não disse que "alguém" me tranca.

— Não?

Acho que os adultos não escutam de verdade. Eles têm muita coisa pra pensar. Não dá tempo. Tive de explicar melhor.

— Eu me *sinto* trancada.

Ficaram olhando pra mim com aquela cara assustada que eles fazem às vezes, como quando descobrem que a prestação da casa subiu muito. Continuei explicando.

— Vocês e a Nilda entram e saem. Também quero.

— Você ainda é muito nova.

Minha mãe e seu velho papo.

— Mas sou gente. Até o Cabelo fica agoniado com a porta trancada. Quando abre quer sair. Quando fecha, mia querendo entrar. Vou acabar que nem ele.

— Seu irmão também não tem chave e não reclama.

— Problema dele, pai.

— E pra que você quer chave, Fernanda?

Custam a entender mesmo. É fogo. Perco um tempo danado com isso.

— Pra nada, mãe. Pra ter. Só.

— Vai sair por aí sozinha...

— Eu já vou pra escola andando sozinha, pai.

— Não sei... A chave de casa...

— Qual é a diferença?
— Podem roubar de você e entrar aqui e...
— Tá, mãe. Eu deixo ela na minha gaveta.
— Então pra que você quer?...
Continuamos com isso mais um pouco até meu pai afrouxar a gravata, esticar os dedos, me dar um beijo na cabeça e decidir, piscando pra minha mãe.
— Tudo bem.

Na véspera do meu aniversário, todo mundo na mesa almoçando, meu pai tirou um chaveiro em forma de gato do bolso e balançou uma chave na minha frente.
— Parabéns, filha. Agora você é gente. Juízo.
Minha mãe completou:
— Guarde bem. Não dê pra ninguém. Cuidado pra não perder na rua. Se ela sumir, avise logo. Pra trocar a fechadura. Eu tenho uma amiga que...
E por aí afora.
— Ei! Eu também quero ser gente! — reclamou o Bruno, tentando pegar o chaveiro da mão do meu pai.
Dei um safanão nele. Moleque chato. Eu luto pelos meus direitos e ele quer se aproveitar.
— Vai à luta! — eu disse, e peguei a chave e apertei bem na mão.
Ele é nervosinho. Chegou a ficar em pé na cadeira, gritando que queria uma também. Meu pai deu um berro.
— SENTA AÍ!
É isso aí, velho. É preciso mostrar quem manda.
Bruno sentou, mas continuou enchendo o saco. Meu pai não tinha tempo pra brigar com ele e adiou o problema.

— Quando você fizer 10 anos, te dou uma chave também.

Era sábado.

Depois do almoço mamãe foi ver minha avó que estava doente. Meu pai saiu pra pegar o carro na oficina. Depois iam se encontrar não sei onde pra ir ao teatro. A Nilda não trabalha no fim de semana.

Eu tinha quase 10 anos e estava morrendo de tédio na frente da tevê, chupando o sal dos caroços de pipoca.

Fui até o quarto, me vesti e peguei a chave na gaveta.

Bruno saiu da cozinha e me viu abrindo a porta da rua.

— Onde você vai?

— Dar uma volta.

— Volta aonde?

— No *play*.

— Vou também.

Droga. Ele fez uma cara tão triste.

— Tudo bem. Mas de pijama não dá. Veste uma roupa e limpa essa boca cheia de manteiga, que nojo!

Primeiro foi o Cabelo. Assim que abri a porta, o infeliz saiu pelo corredor e subiu a escada. Dois andares. Ele cisma de fazer xixi no tapete da porta de uma mulher chata chamada Regina, que brigou feio com a minha mãe por causa da vaga do carro.

Corri, peguei o gato e tranquei no apartamento de novo.

Depois foi o elevador. Não descia de jeito nenhum. Tivemos de ir pela escada.

E no fim o *play*. Fechado. Um cano de esgoto tinha estourado, espalhando um fedor danado.

Fomos até a portaria falar com o Miguel. Miguel é o porteiro. Ele estava aflito.

— Fernanda, isso aqui hoje não tá fácil.

— O elevador ficou preso lá em cima.

— Pois é. E não posso sair daqui. Sábado eu fico sozinho.

— Vai lá — eu disse.

— É?

— Pode ir.

— Legal. Se alguém tocar o interfone diz que eu volto já. É só tirar aqui do gancho e abaixar esse botão.

— Eu sei.

— Não abre a porta da rua pra ninguém. Espere eu chegar.

— Deixa comigo.

Bruno sentou logo na cadeira do Miguel e ficou fingindo que era o porteiro. Criança tem uma imaginação danada. Eu era assim também.

Aí a velha do 301 parou na calçada na frente do prédio e ficou apertando o botão do interfone do apartamento dela. Apertou uma porção de vezes e ninguém abriu.

Ela lá fora, coitada, com um carrinho cheio de compras da feira, embaixo de um sol desgraçado.

— Ele disse pra gente não abrir pra ninguém — lembrou o Bruno.

— Mas é a dona Isabel.

Apertei o interruptor. O portão abriu.

O carrinho estava pesado.

— Cadê o Miguel? — ela perguntou.

— Subiu pra soltar o elevador — expliquei.

— Então me ajudem aqui.

O Bruno, por trás de mim, segurou o portão pra eu poder levantar o carrinho e subir o degrau.

Quatro maçãs rolaram. Foram parar embaixo de um carro parado na calçada. Ela nem notou.

Eu e o Bruno fomos pegar. O portão fechou.

Dona Isabel sumiu pela entrada de serviço, e não adiantou gritar porque ela é surda que nem uma parede.

OS GIGANTES EXISTEM

FICAMOS com as maçãs nas mãos.

— Estamos trancados pelo lado de fora — eu disse.

— Mas se a gente tá do lado de fora não tá trancado.

— Ficar trancado não tem nada a ver com fora ou dentro. Você pode ficar trancado dentro do carro, por exemplo, ou pode não entrar porque o carro tá trancado.

— Então por que você reclamou que não queria ficar trancada em casa, se agora, do lado de fora, também tá trancada?

— Quem fica trancada não é a gente, bobão, é a porta.

— Então você enganou o papai. Disse que se sentia trancada. Você não é porta.

— Quando a porta fica trancada a pessoa se sente presa, foi isso o que eu quis dizer. Você é que é burro que nem uma porta.

— Porta não é burra, nada.

— É, sim. Só sabe ficar abrindo e fechando. Que nem a sua boca. Fica quieto. Vamos esperar o Miguel descer.

— Você queria a chave pra poder sair e agora quer entrar.

— Não enche.

— Não sabe o que quer.

Ele tinha razão. Mas não se pode deixar o irmão mais novo saber disso.

Eu queria tanto ser dona do meu nariz, entrar e sair quando quisesse, e agora que tinha saído estava lá, aflita pra entrar.

— Sei, sim — respondi.

— Sabe, é?

— Quer ver? Vou dar uma volta.

Falei aquilo só pra ele não se sentir esperto. Saí andando. Decidida

Ele veio assustado atrás de mim.

— Aonde você vai?

Eu não tinha a menor ideia.

— Ali na esquina.

— Fazer o quê?

— Tomar um sorvete.

— Legal. O que a gente faz com essas maçãs?

Pois é. Não dava pra enfiar no bolso.

— Come elas — eu disse.

— Não tô com fome de maçã.

— Nem eu.

A esquina era perto. Eu passava por ela quando ia pro colégio. Tinha sempre uma carrocinha de sorvete parada ali, em frente ao botequim.

Vi um menino e uma menina da minha idade, encostados num carro, descalços, as roupas sujas e rasgadas.

— Vocês querem essas maçãs? — ofereci.

Eles pegaram as quatro e começaram a comer logo.

De repente saiu um sujeito de dentro do botequim, com uma vassoura na mão, e veio pra cima da gente.

Corri, puxando o Bruno pelo braço.

Corri quase o quarteirão todo. Só de susto, porque o homem queria pegar mesmo era os outros dois.

Sentamos no degrau da portaria de um edifício.

— Tô com o braço doendo — reclamou o meu irmão.

Quando ele fazia força pra não chorar, ficava com uma cara tão fofinha.

— Você também não corre!

— Por que ele queria bater na gente?

— Era com os outros. Devem ter roubado alguma coisa.

— Vamos voltar pra casa? Tem sorvete na geladeira.

Foi aí que eu pensei, poxa, eu sou a irmã mais velha, ele tem que confiar em mim, preciso mostrar segurança pra ele. A primeira vez que o moleque sai de casa comigo, e a gente volta correndo, assustados. Não, não mesmo.

— Vamos dar a volta no quarteirão — eu disse.

Fomos.

A ideia era dobrar as esquinas, sem sair da calçada, chegar no nosso prédio pelo lado contrário e pronto. Mas do outro lado da rua tinham montado uma barraca de plantas e flores lindas. Adoro plantas.

Atravessamos no sinal, com todo o cuidado. Apertei tanto a mão do Bruno que os dedos dele ficaram roxos.

Uma beleza. Pequenos vasos com margaridas, rosas, cravos e umas flores vermelhas, largas, que eu não sei o nome. E vasos grandes com antúrios e uma porção de outros. Mas dentro da barraca, nas prateleiras, é que estavam os bonsais.

— Os o quê? — perguntou o Bruno.

— Bon-sais — repeti. — É um nome japonês. Olha que lindos!

— O que é isso?

— Uma arvorezinha. Não tá vendo? O tronco, as folhinhas, a grama.

— Legal. Como é que fazem isso?

— Sei lá.

— A gente se sente grande. Os gigantes devem ver as árvores desse jeito.

— Gigante não existe — falei.

— Existe, sim.

— Não existe, não.

— Você não conhece o mundo todo, nem os outros planetas. Pode existir gigante, sim.

Não é por ser meu irmão, não, mas o moleque é inteligente. Pra não ter de concordar com ele, mudei de assunto.

— Se a gente pudesse diminuir tudo, os carros, os prédios, as pessoas... ia sobrar mais espaço.

— Mamãe não ia brigar pela vaga da garagem.

— O Brasil todo ia caber no sítio do vovô.

— Tem outra coisa que já diminuíram sem ser árvore — ele disse.

— O quê?

— Os tigres.

— Ficou maluco?

— Fizeram os gatos.

Os gatos são bonsais dos tigres. Essa eu espalhei depois na escola, como se fosse ideia minha.

Passou um sujeito com uma caixa de isopor amarelo vendendo sorvete. Fomos chupar os picolés encostados no muro de uma casa. E ficamos olhando as pessoas.

Foi aí que eu pensei numa coisa que nunca tinha pensado antes.

— A família da gente é importante por que sabemos da vida dela.

Falando assim parece bem estúpido. Bruno ficou me olhando com cara de pateta.

— Olha quantas pessoas aí na rua, pra lá e pra cá — expliquei. — Não importam muito, porque não conhecemos elas. Aquele menino ali, saindo do carro. Tá vendo? Vai entrar no edifício. Pronto. Sumiu. Nunca mais vou ver.

— E daí? O que é que tem?

— Pois é. Não interessa.

— Então pra que você tá falando dele?

— Justamente pra dizer que não interessa nem falar.

— Você tá que nem o papai quando bebe muita cerveja.

— Não, sua múmia paralítica. Tô só querendo dizer que aquele menino ali que sumiu deve ter uma porção de histórias da vida dele pra contar.

— ... que eu não quero ouvir.

— Mas, se a gente souber da história dele, ele vai se tornar importante pra nós.

— Você acha aquele cara bonito?

— Bobo. Tô falando em geral. Qualquer pessoa de quem a gente não sabe da vida é como se não existisse.

— Por que tá pensando nisso?

— Sei lá. Tô reparando nas coisas. Acho que é porque é a primeira vez que eu saio de casa com a chave.

Não sei o que me deu.

Me senti tão bem. O mundo era grande. Não acabava nunca.

Tanta coisa pra ver, pra entender. Como se fazia pra abrir uma loja de material de construção? Pra onde vai o xixi quando dou descarga? Eram fios de quê, aqueles que passavam pelos postes? Como é que as antenas pegavam os programas no ar?

Eu podia ficar encostada ali o resto da vida, admirando as coisas acontecerem. Mas uma maluca se debruçou numa janela pra limpar uma vassoura de pelo. A poeira começou a cair em cima da gente.

— Vamos dar um passeio grande — decidi.

— E se a gente se perder?

— Até o colégio eu sei ir. Qualquer coisa telefonamos pra casa.

— Mas eles vão chegar tarde.

É. Tinham dito isso. Avisaram até pra eu esquentar a comida no micro-ondas.

— Melhor.

CACHORRO DE DIETA

— Relaxa, Bruno.

O coitado andava com o corpo duro de medo. Parecia um robô.

— Confia em mim.

— Por quê?

— Eles me deram a chave de casa.

— Não sei, não.

— Olha pras coisas. Aproveita.

— Tô olhando.

— Tá nada.

— Juro. Mas vamos voltar.

— Só até o meu colégio.

— É perto?

— Repara nas pessoas.

— Que que tem?

— Repara bem.

— Em quê? Na história delas?

— Claro que não. Como é que você vai "ver" a história delas?

— Pois é.

— Olha só. Não se parecem com uns bichos?

— É?

— Cada pessoa lembra um animal.

Chegamos a sentar num canteiro de margaridas pra eu explicar a ele.

— Aquele homem ali, o da pasta preta, esperando táxi, com o queixo comprido, o osso do olho saltado. Não lembra um cavalo?

— É.

— Aquela senhora gordinha, de preto, com o embrulho de pão, os pezinhos pequenos. É um pinguim perfeito.

— É, sim.

— Olha a menina gorda passando, lá na outra calçada. Uma foca.

— Aquelas mulheres conversando ali na portaria.

— Umas galinhas.

— Só faltam cacarejar.

— O nariz do jornaleiro!

— Nossa!

— Disfarça, mas aquele não tem uma orelha.

— Eu tenho duas.

— Todo mundo tem.

— Ninguém tem três?

— Não.

— Como é que você pode saber?

— Não começa com aquele papo de outros planetas.

E continuamos nisso. Bruno ria. Já nem lembrava mais do medo.

Paramos no portão do colégio e olhamos pra dentro, por entre as barras de ferro. O pátio vazio.

— Não gosto disso — disse o Bruno.

— Do quê?

— Escola fechada.

— Eu não gosto é quando tá aberta.

— Falando sério.

Vi que ele estava novamente com aquela cara de choro bonitinha. Dá vontade de morder as bochechas dele.

— Tenho medo de lugar vazio — ele explicou.

— Como é que é?

— Quando entrei com a excursão da escola no Maracanã vazio... quase chorei.

— Maluco.

O pior é que ele falava sério mesmo, olhando pro pátio deserto.

— Quando você vai no jogo com o papai... não tem medo? — eu quis saber.

— Não. É legal.

— Então você tem medo é de lugar vazio que costuma estar cheio de gente.

— É. É.

— Deve ser o silêncio.

Arrastei o coitado de lá.

Pra distrair, apontei pra esquina, do outro lado da calçada.

— Olha aquilo!

Sem brincadeira. Uma velha muito magrinha, com bengala e tudo, tentava fazer um cachorrão enorme subir na balança da farmácia.

— O cachorro é maior que ela.

— Vamos ajudar — eu disse.

Atravessamos a rua, no sinal da frente do colégio.

A velha estava mesmo atrapalhada.

Puxava o bicho pela coleira. A muito custo ele punha uma pata da frente em cima da balança. Ela cutucava a outra com a bengala, tentava empurrar, puxava mais a coleira, xingava, ele subia com a outra pata, ela xingava mais e batia com a bengala na bunda dele.

O cachorro, além de muito grande, também era velho, teimoso, e tinha uma preguiça danada de continuar vivendo. Olhava pra dona, a baba escorria. Acabava se conformando e mexia as patas de trás, subia na balança, mas aí descia com as da frente.

A velha dava a volta, xingando, e puxava a coleira pra trás, na esperança de que o bicho recuasse. Ele babava. Queria deitar e dormir. E que o deixassem em paz.

— Parece o vovô — lembrou o Bruno.

Paramos na porta da farmácia e ofereci ajuda.

— Eu agradeço — disse a senhora. — O veterinário quer que eu controle o peso do Hércules. Ele precisa fazer dieta.

— Morde?

— Antigamente mordia.

Empurrei o peito dele pra trás, com medo de que me babasse. O Bruno ajudou. Levantou os patões e colocou em cima da balança. As de trás desceram.

— Agora você fica segurando aqui na frente e eu empurro por trás.

Dei a volta. Ele era peludo e fedia. Fiz força. A velha puxou a coleira. O infeliz parecia pregado no chão. Acabou se conformando, subiu com as patas de trás, mas desceu as da frente e ainda babou no ombro do Bruno, que fez uma cara de nojo muito gozada. Eu me distraí, e ele desceu com as patas de trás também e ficou assim, com a balança entre as pernas, nos olhando abobalhado.

Começamos tudo de novo.

E novamente.

A balança era pequena pra ele, ia ter de ficar com as patas muito juntas, e a gente não podia fazer pressão senão aumentava o peso.

Ele tinha de subir e ficar solto lá em cima, pelo menos até a balança parar e registrar o peso.

Ficamos horas nisso. Terminamos todos babados, mas afinal pusemos o bicho sentado e a velha anotou o peso num caderno cheio de quadradinhos.

Ela estava muito cansada, sem forças até para arrastar o bicho, que dormia em pé.

— A senhora mora longe?

— Não. Aqui perto.

— Levamos ele lá.

— Agradeceria muito.

Fiquei com o braço doendo de puxar a coleira. Sério. Como era pesado o infeliz. E mole. E queria parar em cada poste. Por que o desgraçado não fazia todo o xixi de uma vez só?

Na portaria do prédio, a velha se despediu, agradeceu demais, chegou a beijar a gente, e colocou uma nota dobrada na minha mão.

— Não precisa, não — eu disse.

— Faço questão.

Ela ainda acenou pra gente antes de subir as escadas.

Desdobrei a nota.

— Isso é muita grana, não é? — o Bruno falou.

Era mesmo.

Dez anos, a chave de casa e ganhando meu próprio dinheiro. Tinha ficado adulta. Pronto.

Mas aí olhei em volta e vi que estava perdida.

EU SOU UMA ANTA

A VELHA disse que não, mas ela morava bem longe da farmácia. Dobramos uma porção de esquinas e não guardei o caminho porque só prestava atenção no maldito cachorro babão.

Tive de pensar rápido, pro Bruno não perceber que eu não sabia como voltar.

Vi uma galeria pequena um pouco adiante. As lojas estavam fechadas, mas havia uma máquina na entrada, cheia de luzes. Pensei que fosse daquelas de pegar ursinhos com uma garra.

— Vamos lá gastar um pouco desse dinheiro.

Ele ficou todo animado.

Mas a máquina era de fazer cartões de visita.

Pra que droga eu ia querer um cartão de visita? Mas Bruno não podia saber que eu estava com medo.

Trocamos a nota com um jornaleiro e enfiamos as moedas na máquina.

— Você vai escrever o quê, no seu cartão? — ele me perguntou.

— Como assim?

— Lembra do cartão do papai? "Ênio Gonçalves Prado, produtor executivo."

— Ah, é. Bom, vou colocar *gente*. Pronto: "Fernanda Gonçalves, gente".

— Por quê?

— Porque eu sou gente, não sou?

— Gente todo mundo é. Não precisa cartão.

— Mas eu hoje tô me sentindo mais gente que antes. Não enche.

— Vou colocar *super-herói* no meu.

— Super-herói não usa cartão. Ao contrário. Usa identidade secreta, lembra?

— Mas eu não sou super-herói de verdade, não. Ei! Por que é que você olha tanto em volta?

Tentava reconhecer algum prédio, alguma loja. Ele não podia perceber.

Saímos de lá com vinte cartões impressos cada um. Senhora gente e senhor super-herói. Perdidos.

— Tô ficando com fome — ele disse.

Foi aí que tive a ideia:

— Então vamos até o supermercado.

Bruno reclamou, com razão:

— É fome de lanche. Queria um sanduíche, e não comprar feijão, arroz, essas coisas.

— A gente compra biscoito, pão, queijo, refrigerante e vai comer em casa.

O que eu queria mesmo era encontrar o supermercado onde eu ia com a minha mãe ou com a Nilda. De lá eu sabia chegar em casa.

E supermercado eu podia perguntar pra alguém onde ficava, sem o meu irmão desconfiar que eu estava perdida.

Foi o que eu fiz pra primeira mulher com cara de dona de casa que passou. Disse até o nome do super-

mercado. Juro. E ela apontou pro fim da rua, com toda a segurança:

— No terceiro sinal, lá embaixo, dobra à direita e segue, sempre em frente. Quando chegar numa esquina onde tem um antiquário, dobra à esquerda e vai até o fim da rua. Aí você já vê o estacionamento grande.

Tudo bem. Fui na direção que ela apontou. Qualquer coisa eu perguntaria de novo.

— Você podia ter dado um cartão pra ela — lembrou o Bruno.

— Pra quê? Ela viu logo que eu sou gente.

Eu fingia que estava tranquila, falando bobagem, mostrando pessoas gozadas, mas, na verdade, ficava cada vez mais assustada porque não reconhecia o caminho de jeito nenhum, nada, tudo estranho.

Atravessamos o terceiro sinal e entramos numa rua larga, que eu nunca tinha visto antes.

E andamos, andamos, só lojas fechadas, portarias de prédios cheios de grades, muros altos que não acabavam nunca.

— Tô morrendo de fome — repetiu Bruno, umas três vezes.

— Já ouvi! Eu sei! Não enche! — respondi.

Quando eu já ia perguntar pelo supermercado novamente, a ponto de chorar, chegamos no tal antiquário.

Sinistro. Escuro. Móveis velhos, uns candelabros de filme de terror, um piano preto com duas velas brancas em cima das teclas. O retrato de um homem barbudo com os olhos muito fundos que seguiam a gente.

— Não quero ficar aqui — reclamou o Bruno.

— Vamos.

Apesar de tudo, me senti melhor. Era o caminho certo, só dobrar à esquerda e seguir até o fim da rua.

E foi isso mesmo o que aconteceu.

Andamos muito. Não reconheci nada pelo caminho, mas é porque devia estar indo pelo lado oposto ao que eu estava acostumada. Chegamos cansados e com uma fome danada. O dia ia acabando. Os carros já acendiam os faróis.

Atravessamos o estacionamento e tive certeza, assim que vi.

Aquele não era o supermercado que eu conhecia.

— Por que você parou? — perguntou o Bruno, me puxando pelo braço.

— Nada.

— Então vamos comprar biscoito.

— É.

Minhas pernas tremiam. Eu estava perdida de verdade. E já era quase de noite.

Deixei que ele me arrastasse pra dentro do supermercado, ainda tentando achar um jeito de sair daquela situação sem o Bruno notar como a irmã dele era uma anta retardada.

A sorte é que ele estava louco pra torrar a parte dele da grana que a dona do Hércules nos dera, comprando biscoito de chocolate, bala, sucrilho e tudo o que a mamãe não deixava comprar.

Lá dentro tive uma ideia legal. Se eu me livrasse dele, um minuto, podia perguntar a alguém onde ficava minha rua e pronto.

Bom, me livrar do Bruno foi fácil. Foi só sacudir a mão e dizer:

— Quero ver uns xampus...

Ele saiu voando atrás dos doces e eu voltei, indo até o guarda em pé na entrada:

— O senhor sabe onde é a rua Miquelina?

— É meio longe, mas não tem erro. Você sai aqui pela esquerda e anda até chegar na praça. Depois contorna, pega a rua larga de mão dupla e segue toda a vida. Vai sair num colégio grande...

Quando ele disse o nome do colégio quase pulei de alegria. Era o meu colégio. De lá eu sabia chegar em casa. Tudo bem.

Fiquei feliz mesmo. Menina esperta. Sabia me virar.

Procurei o Bruno na seção dos biscoitos. Não achei.

Peguei um xampu em promoção e uma lâmpada pro meu abajur.

Nos refrigerantes ele também não estava. Talvez junto dos leites condensados. Também não.

Eu queria ir logo embora, pra não ficar andando de noite pela rua. Por isso fui pra perto das caixas registradoras e fiquei andando de um lado pro outro na frente delas, olhando pra dentro do supermercado.

E não vi o Bruno!

Entrei em pânico.

Voltei a falar com o guarda.

— Não — ele disse. — Por aqui não passou menino nenhum.

Já estavam quase fechando.

Procurei como uma maluca entre os corredores.

As moças das caixas já cobriam as registradoras com plásticos, uns homens varriam a entrada, o segurança conversava com o motorista do carro-forte lá no estacionamento.

Eu ia começar um escândalo, gritar que meu irmão tinha desaparecido, quando ouvi uma voz fininha:

— Fernanda.

Vinha de trás das cervejas.

Entre a parede e as pilhas de caixas de cerveja em lata.

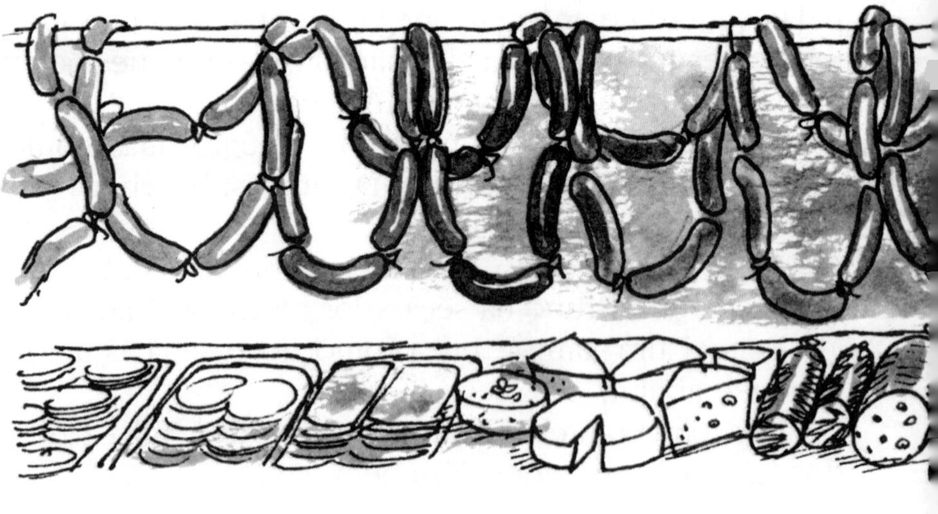

Me espremi entre elas e encontrei o Bruno lá atrás, agachado, chorando.

Abracei, fiz carinho no cabelo dele, tentei acalmar. Custou a falar. Chegava a soluçar:

— O homem di... disse que ia me matar.

— Que homem?

— O homem das salsichas.

— Das salsichas?

— É.

— Por quê, Bruno? Calma. Fala pra mim.

— As salsichas ficam lá penduradas, sabe, como nos desenhos, uma embaixo da outra.

— Sei.

— Aquela fileira de salsichas.

— O que você fez?

— Uma porção, penduradas. Comecei a comer uma fileira.

— Como é?

— De baixo pra cima, assim... Gosto de salsicha. Fui comendo, que nem um cachorro. Eu vi num desenho. Sempre quis fazer isso, mas a mamãe não deixa.

Abracei meu irmão. Eu compreendia. Tinha visto aquele desenho também.

— Aí o homem apareceu entre as salsichas, com aquele facão grande e as mãos cheias de sangue e gritou que ia me matar.

Começou a chorar de novo.

— Tudo bem, Bruninho. Ele falou por falar. Não ia te matar não.

— Ia sim.

— Nada. Devia estar cortando carne. É o trabalho dele. Não tem problema. A gente vai lá e compra a fileira toda de salsicha e pronto.

Mas o coitado estava assustado mesmo e não se convencia.

Ainda ficou um bom tempo soluçando, e eu tendo de acalmar ele com paciência e carinho na cabeça. Tive até de contar o final de um filme na tevê em que ele tinha dormido no meio. Mas o filme era de terror e piorou as coisas.

Afinal, quando nos levantamos pra sair de trás da pilha de cerveja, de repente tudo ficou escuro.

E eu soube logo por quê.

Tinham fechado o supermercado com a gente dentro!

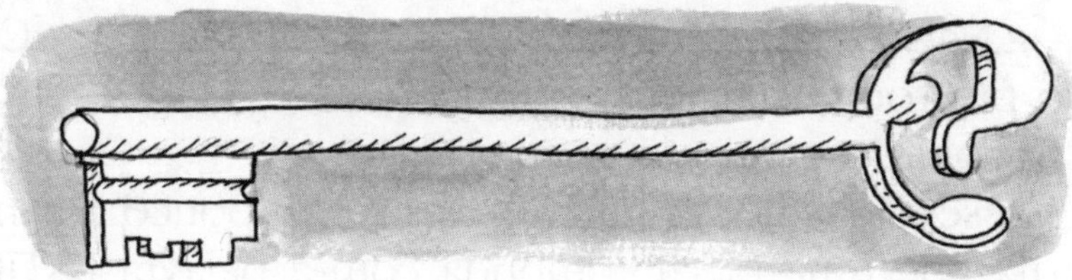

QUEM INVENTOU A PORTA?

NÃO se via nada mesmo.

Bruno chorava. Fui apalpando seu braço até encontrar a mão e apertei ela firme enquanto ia repetindo:

— Calma... calma...

É estranho, mas eu não estava tão apavorada assim. Primeiro, porque agora a culpa não era minha. Eu nem estava mais perdida. O Bruno é que tinha nos metido naquela trapalhada.

E, segundo, porque eu sabia que havia um telefone público perto do guarda-volumes, dentro do supermercado! Eu tinha pensado em usá-lo antes de falar com o guarda.

Agora eu só precisava chegar até lá, ligar pra casa a cobrar, avisar os meus pais, esperar o salvamento e botar a culpa no meu irmãozinho.

Comecei a me espremer entre as caixas de cerveja, puxando o Bruno, com medo de que aquelas pilhas caíssem em cima da gente.

Foi como sair de uma gruta que podia desabar a qualquer momento.

— Não esbarra em nada — eu ia dizendo. — Cuidado pra roupa não ficar presa.

O coitado soluçava alto.

Me senti melhor do lado de fora. Um pouco adiante, embaixo de uma placa comprida com a palavra LATICÍNIOS escrita bem grande, haviam deixado uma luz acesa, um néon roxo fininho, em cima da prateleira refrigerada.

Com isso dava pra ver o corredor do canto e as registradoras lá adiante. Depois, através das portas de vidro, o estacionamento e um carro acendendo os faróis!

Puxei Bruno e corri até lá. Talvez desse tempo de gritar que a gente estava preso ali.

Chegamos justo quando o último carro manobrava e ia embora. Bati como uma doida no vidro grosso da porta, mas não adiantou.

O estacionamento ficou deserto e escuro.

Podia pegar um martelo na seção de UTILIDADES DOMÉSTICAS e quebrar a porcaria daquele vidro, mas do outro lado haviam descido uma grade de aço que devia aguentar até um tanque de guerra.

O pior é que essa minha crise histérica idiota, gritando e socando o vidro, deixou meu irmão realmente apavorado e engasgado de tanto chorar e soluçar.

Coloquei o coitado sentado em cima da esteira rolante do balcão, ao lado de uma das máquinas registradoras, e aí falei sério com ele.

— Vamos ficar calmos, tá legal? Eu já sei como sair.

— Sabe? — Os olhinhos dele brilharam.

— Tá vendo aquele telefone? Vou ligar lá pra casa e o papai arranja um jeito de tirar a gente daqui.

Ele chegou a sorrir.

Ficou lá sentado, enquanto eu fui até o tal telefone.

Não precisei nem tocar. Havia um papel amarelo

colado em cima dele, com a palavra *quebrado* escrita com hidrocor vermelha.

— Por que você tá dando soco no telefone?

Bruno estava do meu lado, assistindo a mais aquele ataque histérico. Eu precisava me controlar.

— Esse aqui tá com defeito.

— Mas não tem outro.

É. Não tinha.

— Ah! — lembrei. — Deve ter sim, do gerente ou sei lá, em algum escritório. Mas, pelo amor de Deus, para de chorar.

— Tá.

O tadinho engoliu o choro.

— Vamos procurar.

— Eu não quero ir lá pra dentro. Tá escuro.

Ali na frente entrava um pouco da luz dos postes do estacionamento. Mas das registradoras em diante ficava cada vez mais escuro e sinistro.

— Então você fica aqui sozinho?

— De jeito nenhum.

— Eu tenho de fazer alguma coisa, Bruno.

— Eu sei.

Ficamos olhando um pro outro, com cara de pateta. Aí tive uma ideia legal.

— Estamos num supermercado.

— É?

— Sério. Aqui tem tudo. Vem comigo. Vem, bobo. Não confia na sua irmã esperta?

As UTILIDADES DOMÉSTICAS ficavam depois das BEBIDAS IMPORTADAS. Encontrei logo o que eu procurava: uma lanterna.

Voltamos às caixas registradoras. Junto dos aparelhos de barba e da promoção de sabonetes, achei as pilhas. Duas grandes.

— Pronto — eu disse, jogando a luz na cara dele.

— Legal. Quero uma também.

Repetimos a operação.

Cada um com sua lanterna, começamos a explorar o supermercado.

— Deve haver uma porta ou uma escada em algum lugar — eu disse, começando pela parede do lado direito.

Bruno ia atrás de mim, com medo, mas já curtindo um pouco. Quando passou pelos salgadinhos, depois das bebidas, enfiou dois pacotes de amendoim torrado no bolso da bermuda.

— Comida pra expedição — ele disse.

O supermercado era um quadrado muito grande.

Andamos toda a parede da direita e nada.

Na dos fundos era o AÇOUGUE e a PEIXARIA.

A gente podia ouvir o motor das geladeiras.

Quando a luz das lanternas iluminou as carnes penduradas atrás do vidro tive um medo danado.

Depois, quando apareceram as fileiras de salsichas penduradas, Bruno pegou a minha mão e segurou firme.

Subi numa lata de óleo, iluminei atrás dos balcões, e nada de porta.

Só restou a parede da esquerda.

E lá estava. Bem perto da pilha de caixas de cerveja onde a gente tinha se escondido. Uma escada. Subimos.

Havia mesmo um escritório lá em cima. E é claro que tinha um telefone dentro.

— E uma tevê — lembrou Bruno. — Pra gente ver um filme enquanto espera o papai.

— É. Hoje é sábado. Tem um filme legal.

Bom, logo depois da curva havia tudo isso: escritório, telefone, sofá, tevê... Mas uma porta com barras de aço da largura do meu braço não deixava a gente entrar.

Sentamos num degrau, um iluminando o outro.

— Que meleca — eu disse. — A gente sempre acaba trancado.

— É mesmo.

— Se tá do lado de fora quer entrar. Se tá dentro quer sair.

— Que nem o Cabelo.

— Quem será que inventou a porta?

— Será que fizeram a primeira porta pra não entrar ou pra não sair?

— As duas coisas, Bruno. As duas coisas.

Aí eu tirei a chave de casa do bolso, de pura raiva, e fiquei olhando pra ela. E aquele chaveiro de gatinho irritante.

— Pra que é que serve essa porcaria? Me diz.

— Você tinha que ter chave de todas as portas do mundo.

— É. Ou uma que abrisse todas as portas. Aí eu ia ser livre de verdade.

— Então sabe quem é o sujeito mais livre que existe?

— Quem, Bruno?

— O chaveiro.

Dei um beijinho na testa dele.

Voltamos pra perto das registradoras. Ali pelo menos a gente podia conversar sem usar as lanternas.

— Como diz o papai, encaremos os fatos: vamos ter de passar a noite aqui.

— E se a gente quebrasse o vidro e gritasse? — ele disse.

— Esse supermercado é muito longe da rua, o estacionamento é grande demais, Bruno. Ninguém ia ouvir.

Verdade. Se houvesse um vigia, devia estar lá na guarita, na entrada e saída dos carros.

Aí o moleque lembrou de uma coisa importante:

— De repente eles têm um alarme pra ladrão. A gente quebra o vidro, o alarme toca, a polícia chega. Vi isso num filme.

Valia a pena tentar.

Voltamos até as UTILIDADES DOMÉSTICAS e pegamos um martelo.

Dei uma pancada com toda a força.

Tremeu tudo, fez um barulho infernal, mas só rachou.

— Desgraçado — resmunguei.

Estava cheia daquele maldito dia em que tudo dava errado. Fiquei com raiva de verdade. Martelei de novo, e de novo, e na terceira vez ouvi o estalo, e continuei batendo, até o vidro quebrar.

Não aconteceu nada. E o martelo ainda ficou enganchado na porta de aço.

— Já sei — disse o Bruno, com cara de esperto.

— Já sabe o quê?! — gritei, morrendo de ódio.

— Alarme é só pra quem quer entrar, e não pra quem quer sair.

— Tudo bem.

— Ladrão não ataca de dentro pra fora.

— Vamos tratar de arrumar um lugar pra dormir.

Quando eu disse aquilo ele começou a tremer de medo.

— Que foi, Bruninho? Conta pra mim. Não fica assim, não.

Ele chegava a se engasgar quando tentava falar.

— Não quero ficar aqui.

— Nem eu. Mas não tem jeito. Amanhã de manhã aparece alguém e pronto.

— Não quero.

— Fala pra mim. Tá tão assustado por quê? Eu tô aqui do teu lado.

Ele tomou coragem e disse:

— Aqui é que nem escola e estádio de futebol.

Custei um pouco a entender.

Ele olhou pro fundo do supermercado, depois me abraçou e chorou.

Coitado. Tava mal mesmo. Eu precisava proteger ele.

Fiquei sem saber o que fazer. Com vontade de chorar também. Dava medo mesmo. O silêncio.

Imaginei aquele lugar cheio de gente, e agora assim, vazio... Não consigo explicar, mas entendi o pavor do Bruno. E comecei a sentir medo também.

Foi aí que tive a ideia mais maluca de toda a minha vida.

— Vem. Vamos fazer uma festa de aniversário — eu disse.

PARABÉNS PARA MIM

— VOCÊ disse pra mamãe que não queria festa. Preferia viajar no mês que vem.

— Agora quero. Vamos. Vai ficar aí parado?

— Festa como?

Funcionou. Pelo menos ele parou de chorar. Aí abri os braços e disse:

— Aqui tem tudo de que a gente precisa.

A primeira coisa foi arranjar luz. Aquela escuridão metia medo.

Não tinham desligado a eletricidade, porque as geladeiras, os *freezers* e os frigoríficos estavam ligados.

Procurei os interruptores com a lanterna. Não encontrei de jeito nenhum. Deviam estar lá na droga do escritório.

Aí voltei até as UTILIDADES DOMÉSTICAS, peguei uma caixa de velas e fósforos.

Resolvemos fazer a festa no meio do supermercado, num largo perto do *freezer* de sorvetes, pra facilitar as coisas.

Juntamos oito engradados vazios de refrigerantes, em pilhas de dois, pra formar a mesa.

Bruno já não lembrava mais do medo.

— Vem ver o que eu achei! — gritou, lá da prateleira dos pratos descartáveis.

Incrível. Tudo do que se precisava pra uma festa!

Pegamos um carrinho.

Descolamos uma toalha de mesa grande, copos, pratos e guardanapos, tudo de papel e com desenhos da Mulher Maravilha. E talheres de plástico.

Continuamos a passar de carrinho pelas prateleiras, eu empurrando, e o Bruno, em pé dentro dele, iluminando as coisas com a lanterna.

Pegamos biscoitos, latas de leite condensado, brigadeiro pronto, bolo de laranja, duas velas de aniversário vermelhas, o 1 e o 0, refrigerantes, bolas de encher, abridor de garrafa e de lata, biscoitos e mais uma porção de porcarias deliciosas.

Arrumamos a mesa, trouxemos mais dois engradados pra servir de banco e acendemos as velas em volta, um pacote inteiro, em cima de pilhas de latas e caixas de sabão em pó.

Não deu certo.

Ficou parecendo mais um velório ou um despacho de macumba do que festa, e tive de apagar tudo antes que o Bruno voltasse a chorar.

— Vamos até as lâmpadas — lembrei. — Lá na prateleira tem aquele bocal pra gente experimentar se tão acendendo.

Se desse certo, era só levar a mesa e todas as coisas lá pra perto.

E acendeu mesmo.

Bruno chegou a gritar de alegria quando viu a luz.

Mas o diabo do bocal não tinha a droga da rosca. Não dava pra atarraxar, só encostar.

Tentei prender a lâmpada com fita isolante. Não deu certo, porque o calor logo derretia a fita. Mas junto da fita isolante encontrei um fio de extensão de tomada de 10 metros. E, mais adiante, uns abajures pequenos de plástico.

Bom, depois de procurar bastante pelas paredes, desliguei o *freezer* dos congelados e liguei a extensão na tomada dele. Puxei o fio até a mesa de aniversário e espalhei quatro abajures em volta, com lâmpadas bem fortes.

Ficou lindo.

Fiz bolinhas de brigadeiro com jujuba dentro, cobri o bolo de laranja com duas latas de leite condensado, espalhei biscoitos recheados de todos os tipos nos pratinhos e joguei chocolate granulado em cima de tudo.

Bruno cantou parabéns pra mim. Apaguei as velinhas chorando. Ele me deu de presente duas caixas de sucrilho, dos mais caros.

Peguei um balde de sorvete de flocos e comemos tudo. Sem brincadeira.

Terminamos deitados em cima dos pacotes de arroz, quase sem poder respirar.

O que eu precisava era manter o Bruno distraído, porque, quando ele parava pra pensar sobre onde estava, o medo voltava.

— Agora vamos limpar toda essa bagunça — inventei.

Ele subiu novamente no carrinho e fomos, com as lanternas, até as prateleiras de MATERIAL DE LIMPEZA.

Voltamos com vassouras e sacos de lixo. No fim, colocamos os engradados no lugar e espalhamos melhor os abajures.

— Sempre quis fazer uma coisa — ele disse.

— O quê?

— Apostar corrida de carrinho.

Fomos lá na entrada pegar um carrinho pra ele e já voltamos apostando quem chegava primeiro no açougue. Eu achei que ele não ia ter chance, mas o danado, como é mais leve, dava impulso, subia no carrinho e ia só no embalo.

Perdi.

Não gosto de perder.

— Vamos de novo — eu disse. — Agora é daqui até as registradoras e voltar!

Aí ganhei. Por pouco.

Bom, ficamos correndo entre as prateleiras um tempão, até o cansaço bater.

Resolvi fazer a cama.

Trouxemos uma pilha de toalhas bem felpudas e estendemos em cima dos sacos de arroz. Depois abri uma porção de pacotes de algodão e enchi dois panos de chão pra fazer os travesseiros.

Peguei mais duas toalhas de mesa de papel como coberta, Super-Homem e Mulher Maravilha, e rasguei três embalagens de aveia pra gente se distrair na cama com um jogo que vinha atrás.

Coloquei um balde de plástico de cabeça pra baixo como mesinha de cabeceira, um abajur em cima, uma garrafa de água mineral e dois copos bonitos de vidro.

Sentamos na cama e começamos a jogar.

Bruno bocejou logo.

— Sabe o que a gente podia fazer também? — ele lembrou de repente. — Abrir todos aqueles salgadinhos de queijo com *bacon*!

— Pra quê, maluco?

— Se a gente juntar três figurinhas com os desenhos certos ganha uma bicicleta.

Não era uma má ideia.

— E o leite em pó tá dando videocassetes! — lembrei.

— E as tevês, no lado de dentro das tampas de margarina?

— E as bolas de vôlei, nas tampinhas de guaraná?

— Tem passagens pra Disney com um acompanhante nas pipocas de micro-ondas!

— E tevês gigantes dentro do café solúvel!

Mas aí pensei melhor:

— Não, Bruno. Não dá.

— Por quê?

— Quando papai chegar amanhã vai ter de pagar tudo.

Ele ficou triste.

Voltou a bocejar.

Deitamos e nos cobrimos. Aí ele pediu:

— Fernanda, conta uma história.

Na porcaria dos supermercados nunca tem livro.

Tirei o rótulo de uma lata de creme de leite e li a receita pra ele:

— Torta de limão: peneire a farinha, faça uma cova no centro e coloque a gordura vegetal, o creme de leite, o sal e o fermento. Misture com as pontas dos dedos, juntando a farinha. Acrescente o suco de limão...

Ele começou a esfregar os olhos e continuei com aquilo.

Só que, enquanto eu lia, lembrei de uma coisa que me deixou apavorada: o dia seguinte era domingo. Domingo os supermercados não abriam! A gente ia ficar mais um dia inteiro trancado ali dentro!

Fiquei só esperando o Bruno dormir pra poder chorar.

Mas não aconteceu nem uma coisa nem outra, porque, quando eu estava terminando de ler a receita da torta de limão, uma lata de óleo caiu do balcão do açougue e passou rolando bem na nossa frente.

Bruno deu um pulo e me abraçou, apavorado.

Olhamos pro açougue.

E vimos uma enorme linguiça sair do gancho sozinha, flutuar um pouco no espaço e depois começar a subir, subir, até sumir na escuridão do teto!

A LINGUIÇA VOADORA

NUNCA senti tanto medo na vida. Nem no dentista. Tremia toda. Bruno gaguejou baixinho no meu ouvido:

— Fan... fantasma!

Eu não consegui falar. Nem me mexer. Quando a linguiça chegou ao teto, ouvimos vozes, vindas do alto:

— Tem alguém lá embaixo, mané.

— É. Tô vendo luz acesa.

— Tem dois moleque ali!

— Ei! Chega mais!

— Vem cá, sangue bom.

Estavam chamando a gente. Não era fantasma.

Subi no balcão do açougue e iluminei o teto com a lanterna. Num buraco, lá no alto, entre as pás de um exaustor, vi duas cabeças olhando pra mim.

— Que é que vocês tão fazendo aí? — disse uma delas.

— Ficamos trancados — falei.

— Legal.

— Queremos sair!

— O que a gente queria é entrar — disse a outra cabeça.

O velho problema.

— Pega umas coisas pra gente.

— Como é? — perguntei.

Aí eles desceram um fio de náilon com um anzol grande na ponta.

Era assim que pescavam as linguiças.

Tive uma ideia. Eu estava tendo uma porção de ideias.

— Eu encho uma cesta de coisas. Depois vocês ajudam a gente a sair daqui.

— Beleza. Mas vocês não passam por esse buraco.

Pensei mais um pouco.

— Não dá pra tirar o exaustor?

— Só se desaparafusar.

— Então espera aí.

Peguei uma cesta de mão junto das registradoras, corri até as UTILIDADES DOMÉSTICAS atrás de uma chave de fenda, depois voltei enchendo a cesta com biscoitos, queijos, sacos de feijão e arroz, macarrão, óleo...

Bruno estava sentado no balcão do açougue, segurando a ponta do fio de náilon. Prendi o anzol nas alças da cesta e gritei:

— Podem puxar!

Não deu certo. O fio partiu logo.

— Tá muito pesada! — gritaram lá de cima.

Voltei até as UTILIDADES DOMÉSTICAS pra pegar uma corda de varal de 10 metros. Amarrei uma lata de sardinha numa das pontas e falei olhando pro teto:

— Passa o braço pelo exaustor e agarra aí!

Joguei a lata pra cima com toda a minha força umas quatro vezes, mas não conseguiram pegar.

Pra diminuir a altura, abri, em cima do balcão do açougue, uma escada de ferro de sete degraus que estava encostada junto das caixas de cerveja. Subi lá no último degrau, me equilibrando, e atirei a lata para o alto. Pegaram na segunda tentativa.

Desci, amarrei a outra ponta nas alças da cesta básica, que foi subindo, subindo... e parou junto do exaustor.

A chave de fenda estava em cima de tudo. Desaparafusaram o miolo do exaustor, tiraram o motor e as pás, e eu vi que dava pra passar pelo buraco.

A cesta desceu de novo:

— Pega mais umas coisas aí pra gente — pediram lá de cima.

— Mais feijão.

— E carne-seca. E linguiça.

— Não, linguiça eu já tô cheio. Pega leite em pó pro meu irmão.

— Vê se tem fralda descartável.

— Descola umas ferramentas pro meu pai!

Entendi. Tinha um bando de pivetes lá no telhado.

Saí com o Bruno recolhendo os pedidos nas prateleiras. Enchemos umas cinco cestas. Vamos ter de colocar tudo isso na conta do papai também. Acho que minha viagem de aniversário agora dançou. E então chegou a nossa vez.

Mandei mais uma corda de varal lá pra cima, pra reforçar.

Primeiro foi o Bruno.

Ficou em pé na cesta, agarrou bem na corda e foi puxado devagar, com muita dificuldade.

Comigo foi mais complicado. Não conseguiam me tirar do chão de jeito nenhum.

Precisei subir no último degrau da escada e entrar na cesta lá em cima, pra facilitar. Fizeram uma força danada. A escada caiu e fiquei pendurada, balançando de um lado pro outro. Se eu caísse ia me arrebentar toda.

Eles não largaram. Foram me puxando devagar... Passei pelo buraco do exaustor suando, sem querer olhar pra baixo, com as minhas duas caixas de sucrilho bem apertadas embaixo do braço esquerdo.

Eram duas meninas e três meninos, mais ou menos da minha idade, sujos e descabelados, com as roupas rasgadas.

— Eu conheço vocês — disse um deles.

— Deram umas maçãs pra gente de tarde — lembrou uma garota. — São gente boa.

É verdade. Juro. Eram aqueles dois.

Estava uma noite bonita, cheia de estrelas. Abrimos uns biscoitos, tomamos um guaraná e contei o que tinha acontecido comigo e com o Bruno... tudo porque me incomodava ficar trancada em casa.

— Pior é a gente, que nem casa tem — uma menina falou.

Fiquei pesando naquilo.

Eles dormiam na rua e de noite pescavam comida naquele supermercado.

— Antes era só linguiça, a única coisa que passava. Agora não...

Aparafusaram novamente o exaustor pra ninguém desconfiar.

Arrumamos as coisas nos sacos plásticos que eu tinha me lembrado de colocar nas cestas e descemos do telhado pelos fundos, por uma parede de tijolos furados.

— Vamos pra casa — eu disse, pegando Bruno pela mão.

— Nós também — decidiu o menino mais velho.

— Vocês disseram que não tinham casa...

— Meu pai mora num barraco, tá desempregado e não tem grana pra me sustentar, aí eu fico pelas ruas. Hoje vou lá levar essas coisas pra eles. Essas fraldas, as ferramentas...

Os outros estavam mais ou menos na mesma situação.

E então aqueles meninos e meninas da minha idade, que antes eu chamava de pivetes e de quem eu tinha até medo, se tornaram importantes pra mim, porque, além de terem me tirado de uma enrascada danada, agora eu sabia das histórias deles.

Fomos andando juntos pra tal praça, de onde eu precisava pegar a rua larga de mão dupla e chegar até o prédio do meu colégio, como o segurança do supermercado tinha explicado.

Foi na praça que aconteceu o pior.

Dois homens mal-encarados saíram de trás das árvores e disseram que iam acabar com a gente.

ENTRANDO PELO CANO

IAM mesmo.

Falando sério.

— Eu avisei que se te pegasse de novo por aqui acabava com a tua raça, Bira — disse um deles para o garoto mais velho.

— Olha só... — falou o outro, chutando os sacos plásticos e espalhando as coisas pelo chão. — Dessa vez roubaram o supermercado.

— Fica com tudo — pediu o Bira. — Deixa a gente cair fora.

Os homens riram.

— Não dá, sangue ruim. Precisamos mostrar serviço. Os comerciantes da área nos pagam é pra sumir com vocês. Vamos. Vamos andando.

Foram nos empurrando pelo escuro da praça até uma rua deserta e nos forçaram a entrar num beco.

Fiquei tão apavorada que esqueci do Bruno. Quando olhei ele não estava por perto. Quis correr mas me agarraram pelo braço e me jogaram no chão.

Caí abraçada com as caixas de sucrilho, que não larguei.

O beco, estreito e escuro, terminava num muro de pedra antigo. Ficamos encolhidos ali, tremendo de medo.

Os homens cochicharam alguma coisa, olharam pros lados e pegaram dois pedaços de pau encostados num canto da parede. Iam dar uma surra na gente.

De repente uma campainha começou a tocar, muito alto. Os homens foram até a calçada, sem entender. Era um alarme.

Eles não sabiam o que fazer.

Ouvimos uma sirene. Parecia sirene da polícia.

Os dois saíram correndo.

Fomos até a calçada.

O vidro de uma loja próxima dali tinha sido quebrado e isso disparara o alarme.

O Bruno saiu de trás de um poste, com uma pedra na mão!

Foi uma correria danada, antes que a polícia chegasse.

Primeiro até a praça, pra pegar as coisas espalhadas. Depois, voltamos ao beco, onde escalamos o muro de pedras e caímos nos fundos de uma vila.

Aí atravessamos a vila, com todos os cachorros latindo nos portões. Pulamos a grade de ferro da entrada e continuamos a correr, correr, até o Bira saltar um tapume baixo de uma obra e entrar numa fileira de manilhas largas.

Fomos atrás dele.

Sentamos lá dentro e abrimos outro guaraná.

— Essa foi por pouco — disse a garota pra quem eu tinha dado a maçã de tarde.

— É melhor a gente ficar uns tempos sem pintar pela área, rapaziada.

— Pode crer.

— Se não fosse pelo irmãozinho aqui... — falou o Bira. — Valeu. Como é teu nome?

Bruno estufou o peito, tirou um cartão do bolso e deu a ele, com cara mesmo de super-herói, o maluco.

Bom, só nos restava cair fora rápido.

Eu estava novamente perdida, mas os meninos me indicaram o caminho e depois sumiram na noite.

Andamos pelas ruas escuras, com um medo danado, até que, dobrando uma esquina, reconheci meu colégio.

Nunca podia imaginar ficar feliz por ver o meu colégio.

Dali eu sabia chegar em casa.

E quis fazer isso o mais rápido possível, puxando o Bruno pelo braço, coitado. Mas a polícia não deixou.

Eles dobraram uma esquina, bem na nossa frente, e quase nos atropelaram. Saíram do carro gritando:

— Parados aí!

— Encostados na parede!

Paramos e encostamos na parede, claro.

Um deles batia o cassetete na palma da mão. O outro falava, andando de um lado pro outro:

— Quebraram o vidro de uma loja aqui perto, a gente sai por aí procurando quem fez isso e encontra vocês dois, a essa hora, correndo...

— Deixa eu dar uma dura — disse o outro. — Eles falam logo.

— Meu amigo aqui é meio nervoso, por isso acho legal vocês abrirem o bico rapidinho. Estamos sem paciência.

— É melhor levar em cana. Deixa eles passar uma noite lá na detenção dos menores pra ver como é.

— De que é que os senhores estão falando? — eu disse, antes que o Bruno fizesse alguma bobagem. — Eu e o meu irmão estávamos brincando na casa da nossa tia, aí ficou tarde e precisamos voltar correndo, para nossos pais não ficarem preocupados.

Achei melhor falar difícil, conjugar os verbos direito, usar os plurais e chamar aqueles homens de *senhores*. Funcionou. Eles ficaram se olhando, confusos:

— O que é que você tá carregando aí? — perguntou o mau, apontando o cassetete pra mim.

— Presente da titia.

Mostrei. Ele examinou na luz do poste e concluiu:

— É sucrilho. E do bom.

— Você tem documento? — me perguntou o outro.

Eu não tinha. Quase chorei. Aí o Bruno falou:

— Dá um cartão pra ele.

Quis matar o meu irmão. Juro. O maluco não tinha a menor noção da realidade. Tirei um cartão e dei ao policial bom.

Ele leu, coçou a cabeça, mostrou ao outro e começaram a conversar:

— Que diabo é isso?

— É um cartão mesmo.

— Tá escrito *gente*, aqui.

— É. Tá.

— Já viu isso antes?

— Nunca.

— O que você acha que quer dizer?

— Ela não é um cachorro, ou outro animal qualquer.

— Fala sério.

— Sei lá.

— Sabe o que eu acho? Olha pra eles. Bem-vestidos...

— Meio amarrotados.

— Tavam brincando na casa da tia.

— Pode ser.

— Falam bem. Com certeza estão na escola.

— Isso é.

— E com cartão de identificação dizendo que são gente. Quer saber, isso é coisa de bacana. Deve ser alguma moda. O pai deve ser gente importante. Melhor deixar pra lá.

— Também acho. Ainda mais com sucrilho, e do bom. Já viu pivete andando por aí com sucrilho?

Resolveram nos deixar em casa, pra ter certeza de que o endereço que eu dei era de verdade. O Miguel ainda estava lá na portaria, dormindo sentado. Confirmou pra polícia que a gente morava ali, no 201.

— Tudo bem — disse o policial bom. — Boa noite, e juízo. Não andem tão tarde na rua.

— Posso pedir uma coisa? — falou o mau.

— O que é?

— Me arranja um pacote desses? Meu filho é louco por sucrilho e com o meu salário eu não posso comprar.

Dei uma caixa pra ele, apertamos as mãos e ficaram nos esperando entrar na portaria.

— O elevador já tá bom — o Miguel avisou.

Quando chegamos eu ia apertar a campainha, louca pra me trancar em casa.

— Cê tem a chave — lembrou o Bruno.

É. Eu tinha a maldita chave de casa.

Abri a porta devagar, preparada pra enfrentar os velhos. Deviam estar preocupados de verdade.

Imaginei minha mãe tomando calmantes, meu pai procurando nas delegacias e nos hospitais, todos os parentes apavorados.

Mas o que aconteceu é que eles ainda não tinham chegado.

Quando a porta abriu, meia hora depois, nos encontraram na mesa da cozinha, de banho tomado, de pijama e comendo sucrilhos com leite.

— Ainda não dormiram? — o velho se espantou.

— Chegamos tarde, não é? — mamãe se desculpou. — Encontramos uns amigos na saída do teatro e fomos tomar umas cervejas.

Sentaram na mesa também, e aí o Bruno falou:

— Se a gente contar o que aconteceu, vocês não vão acreditar.

Mas, antes que ele começasse, tirei a chave do bolso e entreguei ao meu pai.

— O que foi? — ele perguntou. — Não quer mais?

— Me devolve ela daqui a uns dois anos — falei, com a boca cheia. — O mundo ainda é muito grande pra mim.

O AUTOR

Marynete Martins

Nome completo
Ivan Jaf

Local e data de nascimento
Rio de Janeiro, 5 de janeiro de 1957

Cidade em que reside
Rio de Janeiro

Estado civil
Divorciado

Filhos
Pedro

Profissão
Escritor

Formação acadêmica
Faculdades de Comunicação e de Filosofia (incompletas)

Nasci no Rio de Janeiro, em 1957. Fui fotógrafo e pintor, até começar a escrever roteiros para histórias em quadrinhos de terror e ficção científica, o que faço até hoje para revistas daqui e da Itália. Atualmente, dedico-me à literatura infanto-juvenil. Pela Atual Editora, publiquei também *A ponte para o passado*, *A montanha dos ossos de dragão* e *Manual de sobrevivência familiar, Sonho de minhoca, Cidade maravilhosa, Projetos póstumos de Brás Cubas*. Estudei Comunicação e Filosofia até 1975, depois viajei pela Europa e América Latina, até que em 1980 me fixei novamente no Rio de Janeiro.

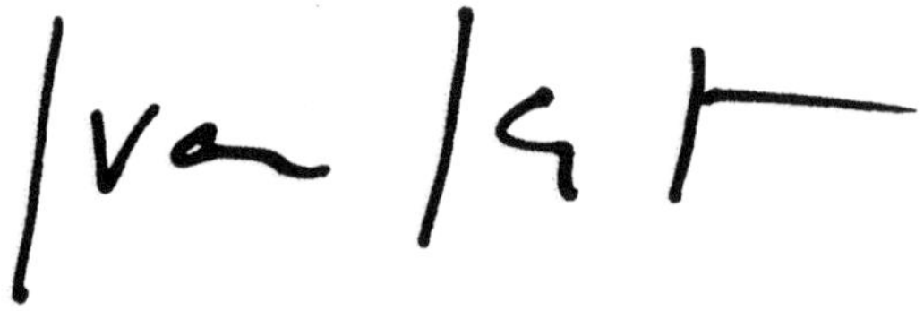

ENTREVISTA

Você consegue se imaginar em uma situação como a vivida pelas personagens Fernanda e Bruno? Que imaginação teve o autor Ivan Jaf ao criar esta história, não? Seria legal entrevistá-lo, você não acha?

Saber a história das pessoas torna-as importantes para nós. Assim pensa Fernanda. Envolver-se, através da leitura, com a história que um autor criou também o torna muito importante para um leitor. Por que você acha que ocorre essa mágica?

É simples: quando paramos para prestar atenção na história de uma pessoa, ela passa a fazer parte da nossa própria história.

Fernanda se sentiu gente ao obter a chave de casa. E você, o que o faz sentir-se gente?

Muitas coisas. Ganhar dinheiro com o meu trabalho. Mergulhar no mar. Passar uma tarde lendo na rede. Ver o meu filho rir. Trazer um sonho para a realidade. Me revoltar...

Fernanda soube se virar ao ficar trancada no supermercado e acabou até se divertindo. Se você fosse a personagem principal desta história, acredita que também se divertiria ficando preso ali?

Certamente é muito melhor do que ficar preso num elevador. Imagine um supermercado inteiro só para você...

Ganhar o que a gente quer nem sempre leva à satisfação esperada. A garota desta história acabou devolvendo ao pai a tão desejada chave. Já aconteceu algo parecido com você?

Lembro-me de ter ganhado um rádio quando era pequeno. Fiquei tão feliz que dei um banho nele.

Os policiais acabam suavizando o tratamento dado às crianças ao perceberem que poderiam ser filhos de gente importante. Os comerciantes contratam "seguranças" para deixar a área "limpa" de crianças infratoras... Percebem-se denúncias sociais nesta sua obra. Você acredita que a literatura pode ter um papel importante ao mostrar injustiças desse tipo?

Claro. Um livro é também um tipo de retrato. Você pode fixar quase tudo nele e transmitir o que vê.